UN RICHELIEU

ET

UN BONAPARTE

A VIVIERS (Ardèche)

Par Antoine LABUNSKI.

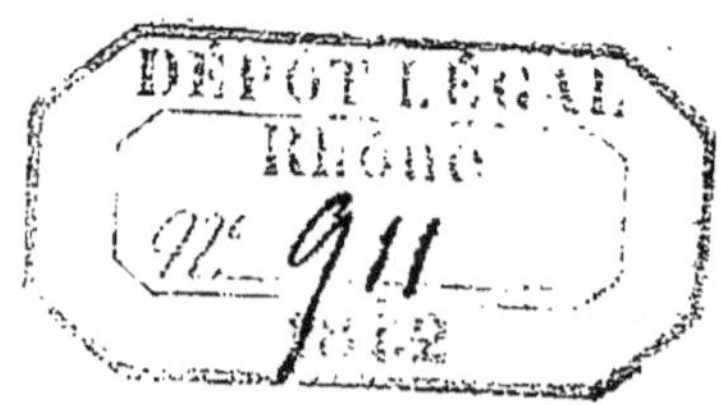

LYON.

IMPRIMERIE ET LITHOGRAPHIE DE J. NIGON,
Rue Chalamont, 5.

1852

UN RICHELIEU

ET

UN BONAPARTE

A VIVIERS (Ardèche).

1642-1852.

I

Ce n'est pas une mince affaire que la visite d'un grand personnage dans une petite ville comme l'ancienne capitale du Vivarais, ville épiscopale qui a donné son nom au pays des Helviens. Le Rhône, qui coule au pied de ses murailles et de ses rochers, emporte au loin les célébrités voyageuses qui passent devant la vieille cathédrale gothique, assise sur un roc isolé, sans lui adresser un regard attentif, sans évoquer un souvenir.

Deux hommes illustres cependant ont abordé à cette rive délaissée, à des époques bien différentes et bien éloignées; deux hommes désignés à la postérité par des titres divers, mais uniques dans l'histoire; deux souverains, souverains arbitres des destinées de la France : Monseigneur le Cardinal-Duc et Monseigneur le Prince-Président.

II

MONSEIGNEUR LE CARDINAL-DUC.

> Le roy Louis XIII a tant reconnu de fidélité dans
> la personne du cardinal de Richelieu, qu'il s'est
> deschargé dessus luy de ses plus importanies affaires,
> et luy a mis en main la récompense et les chasti-
> mens.
> VULSON.

> Il n'y a qu'une chose et qu'un seul homme dans
> le règne de Louis XIII, Richelieu.
> CHATEAUBRIAND.

Le 3 juillet 1642, au moment où la reine-mère, Marie de Médicis, expirait exilée à Cologne, deux autres moribonds, étendus sur des lits dressés dans une chambre du château de Tarascon, discutaient les graves affaires d'Etat. C'étaient le roi Louis XIII et le cardinal Armand-Jean du Plessis, duc de Richelieu et de Fronsac, son premier ministre. Après cette entrevue, le maître et son serviteur se séparèrent tout réconciliés; le roi, un peu plus ingambe, se rendit prestement à Paris, et le cardinal, voyageant à petites journées, se dirigea lentement vers Lyon.

Il se faisait tirer *contre-mont la rivière du Rhône*, dans un bateau aux rames dorées (*la Saincte-Marie de Tarrascon*), où l'on avait bâti une chambre de bois tapissée de velours rouge cramoisi à feuillages, le fond étant d'or. Son Eminence était couchée dans un lit garni de taffetas pourpre. Paul Delaroche a merveilleusement reproduit sur la toile, en 1839, cette chambre somptueuse et ces riches tapis trempant leurs franges dans les eaux du fleuve, et surtout la sombre figure du Cardinal, popularisée par le pinceau de Philippe de Champaigne ; ce front pâle et soucieux, à demi enseveli dans d'énormes coussins, nous apparaît rayonnant de cet esprit à qui, au dire de Balzac l'ancien, Dieu n'avait pas donné de bornes.

Les cardinaux, les évêques et les grands seigneurs se tenaient auprès de Son Eminence ; puis venaient, en d'autres bateaux, les abbés, les gentilshommes et autres *bas-rouges* (surnom donné d'abord au Cardinal, et par la suite aux cardinalistes, ses partisans) ; enfin, une foule de courtisans qui gravitaient à distance, sans trop oser s'approcher de cette atmosphère de terreur qui enveloppait *ce génie du despotisme*, selon l'expression de Châteaubriand.

Il manquait déjà, à cette époque, à la cour cardinale son plus précieux ornement, *l'esprit auxiliaire* de Richelieu : nous voulons parler de Joseph Leclerc de la Tremblaye, connu sous le nom de père Joseph, mort à Reuil en 1638. Treize ans avant l'époque dont nous nous occupons, et dans la contrée que le Cardinal traversait en 1642, dans le Haut-Vivarais, au pays des Bouttières, une singulière aventure était arrivée au père Joseph. Pendant le siége de Privas, le fameux capucin eut la curiosité de visiter le camp et les ouvrages ; il demanda un cheval à un des palefreniers du cardinal de Richelieu. Le palefrenier, soit par inadvertance, soit par malice, lui donna un beau cheval entier. Le père Joseph allait trottant et se pavanant, lorsqu'un officier de cavalerie, monté sur une jument fringante, traversa son chemin. A cet aspect, le cheval, indocile à la bride et aux coups de sandale réitérés que lui administrait le capucin, galopa après la jument. L'officier, étonné de cette brusque incartade, hâta sa monture, et celle-ci hâta le cheval. Le père Joseph eut beau s'attacher aux crins et crier : *Qu'on m'ôte cet impudique !* il fut désarçonné et démonté. La cour et l'armée s'amusèrent beaucoup de cette aventure, et le cheval conserva dans les écuries du Cardinal le nom d'*Impudique.*

Attaché par une lourde chaîne à la poupe du bateau de Son Eminence, s'avançait un petit bateau couvert, dans lequel se trouvaient deux prisonniers arrêtés à Narbonne le 6 juin précédent : Henri d'Effiat de Cinq-Mars, grand-écuyer de France, et le conseiller François de Thou, fils de l'historien. Ils étaient surveillés par un exempt des gardes du Roi et douze gardes du Cardinal. On traînait ainsi ces jeunes gens à la remorque, pour les jeter dans les prisons du château-fort de Pierre-Encize ou Pierre-Scize, à Lyon. Le génie militaire vient de faire disparaître les derniers vestiges de cette célèbre prison d'Etat, démolie en 1793 ; mais sa fidèle image est conservée, au musée de Lyon, sur une toile d'Alexandre Dunouy. Les deux amis, Cinq-Mars et de Thou, coupables, le premier, d'avoir voulu mettre *M. le Cardinal hors des affaires*, le second, d'en *avoir eu connaissance*, ne sont sortis de leur prison que pour être exécutés à mort, sur la place des Terreaux, le 12 septembre suivant. Ce jour-là, Richelieu écrivit au Roi : *Sire, vos ennemis sont morts !* et le Roi n'en éprouva ni surprise, ni regret ; Sa Majesté avait dit, à l'heure marquée pour le supplice, que M. le Grand, son *cher ami*, passait alors mal son temps. Et ce n'étaient pas les premières victimes qui tombaient ainsi, lâchement abandonnées par Gaston d'Orléans, dont le Cardinal apaisait les scrupules avec les prunes de Gênes. Quelques mois après l'exécution de Louis de Marillac, en place de Grève, Henri de Montmorency eut la tête tranchée le 30 octobre 1632, au Capitole de Toulouse, et il est mort en attachant les yeux sur la statue d'Henri IV, son parrain ; le lendemain de la mort de Montmorency, Richelieu alla en grande pompe à l'église de Notre-Dame de la Dalbade prier pour le repos de son âme. Six ans auparavant, en 1626, Henri de Chalais périt de la même façon ; il avait conspiré plutôt pour *prendre le grand seigneur à la barbe que pour troubler l'État*, comme il le disait dans une lettre où il demandait sa grâce au Roi...... que le Cardinal refusa.

> .... Le roi porte un cœur vraiment royal,
> Il fait grâce ? — Oui, le roi. Mais non le cardinal.
> Victor Hugo. *Marion de Lorme.*

Le cortége cardinaliste voyageait soigneusement gardé. Une frégate, ou plutôt un bâtiment frégaté, faisait la découverte des passages ; lorsqu'on abordait en quelque île, on mettait des soldats *en icelle* pour voir s'il y avait des gens suspects, et n'y en rencontrant point, ils en gardaient les bords jusqu'à ce que le cortége eût défilé. Il y avait des soldats dans la barque principale et dans toutes les embarcations auxiliaires. D'abord les gardes du Cardinal, portant cette magnifique casaque écarlate qui les avait fait surnommer le *régiment des écrevisses* ou les *diables rouges ;* à eux était dévolu l'insigne honneur de porter la litière du Cardinal, qui était alors *d'une si grande foiblesse*, nous dit Marc de Vulson, sieur de la Colombière, *qu'il fut contraint de se faire porter dans son lit sur le dos de ses gardes, qui ne voulurent iamais céder à d'autres personnes l'honneur qu'ils recevoient de luy rendre ce service, allans mesme tousiours la teste découverte nonobstant les iniures du temps.* Plusieurs de ces gardes, vieux guerriers aux moustaches grises, avaient occis moult huguenots à la Rochelle, à Privas et à Montauban, et avaient sans doute servi de type à Jacques Callot, lorsqu'il peignit les figures dans le tableau de Claude Gelée (le Lorrain), représentant le siège de la Rochelle et le combat du Pas-de-Suze. Les arquebusiers occupaient un bateau à part; ils étaient suivis par un très beau régiment de *gens de pied*, disséminé en partie sur trois barques portant les hardes et la vaiselle d'argent de Son Eminence. Enfin, deux compagnies de chevau-légers marchaient sur chaque rive du Rhône. *Il y avoit plaisir d'ouïr les trompettes qui jouoient en Dauphiné avec les réponses de celles du Vivarais, et les redits des échos de nos rochers ; on eust dit que tout jouoit à mieux faire.* Ceci nous est raconté par un témoin oculaire, Jacques de Banne, chanoine de Viviers, qui a laissé une relation manuscrite du passage du cardinal de Richelieu à Viviers, et à laquelle nous empruntons la plupart de ces détails.

Une partie de la suite s'arrêta au bourg Saint-Andéol, petite ville située non loin de l'embouchure de la rivière d'Ardèche, qui sépare le Bas-Vivarais du Languedoc. On était obligé de se diviser ainsi pour éviter un trop grand encombrement dans une seule localité ; mais l'évêque de Viviers n'en traita pas moins tous les prélats, abbés et seigneurs de cette troupe, sans exception : le Cardinal-Duc l'en remercia par *mille caresses et démonstrations d'amitié*. Le nouveau cardinal Jules Mazarin, qui avait succédé au père Joseph dans la confiance de Richelieu , et devait bientôt succéder à Richelieu lui-même, prit la poste au bourg Saint-Andéol pour aller trouver le Roi à Paris.

Le 24 août 1642, Monseigneur l'Eminentissime Cardinal duc de Richelieu vint coucher en cette ville de Viviers , dit l'abbé de Banne , *avec une cour royale*. Son bateau prit terre contre la balme de Bonneri, où l'attendaient M. le comte de Suze , à la tête de la noblesse du pays , et Monseigneur l'évêque de Viviers, à la tête de son clergé.

Le siége épiscopal de Viviers , dont la création remonte à l'établissement du christianisme dans les Gaules , fut occupé par d'illustres pontifes, tels que saint Venance , fils d'un roi (Sigismond de Bourgogne), et Jean de Brogni , fils d'un porcher des montagnes, qui, devenu cardinal et doyen du Sacré-Collége, a présidé le concile de Constance. Ce concile abolit par un décret l'usage d'observer dans la cathédrale de Viviers entre autres, la cérémonie profane de la *fête des fous*. Le prélat titulaire qui a eu l'honneur de recevoir Richelieu était de la famille de Suze ; il a gouverné son église pendant soixante-douze ans , et eut pour successeur immédiat Martin de Stratabon.

Lorsqu'on se fut bien assuré de la solidité du petit pont de bois qui servait au débarquement, six hommes des plus robustes soulevèrent tout doucement le lit où gisait le Cardinal , et le cortége se mit en marche vers la ville. Le cardinal de Bigni, les évêques de Nantes, de Chartres et de Viviers entouraient ce lit , dont les rideaux entr'ouverts permettaient au peuple , rangé sur les bords du chemin , de plonger des regards avides sous le riche dais qui abritait la tête fatiguée de l'Eminence malade. A peine un léger murmure parcourait-il, à l'approche du cortége, la foule silencieuse : Voilà Son Eminence le Cardinal-Ministre ! le Cardinal-Duc ! disaient les uns. — Voici l'homme rouge ! tout bas hasardaient les autres.

Tout était déjà disposé dans la ville de Viviers pour la réception de l'illustrissime seigneur qui s'approchait. Les consuls avaient fait poser sur les portes de la ville les armes des Richelieu (d'argent à trois chevrons de gueules) entourées de fleurs de lis , pour rappeler probablement l'écusson du Vivarais semé de France, ou bien cette devise du Cardinal : *Sola mihi redolent.* Le logis était préparé dans la maison Montarguy, et la chambre où devait coucher Son Eminence , tapissée de damas incarnat et violet par les soins des officiers. La croisée de cette chambre, ayant sa vue sur la place , avait été abattue et élargie par les maçons envoyés d'avance; puis on avait construit un pont de bois qui, s'élevant en pente douce, venait depuis la boutique de Noël de Vielh, située à l'autre extrémité de la place, aboutir à l'énorme ouverture du mur ébréché. Le lit portatif est arrivé sans la moindre secousse, par le pont improvisé et la brèche béante , auprès d'un lit somptueux où l'on déposa, avec les mêmes précautions minutieuses, Richelieu et ses chats. Au même instant les gardes envahirent la maison où couchait le Cardinal : *sa cham-*

bre étoit gardée de tous costés, tant sous les voûtes qu'ès costés et sur le dessus.

Seulement alors on eut accès auprès de Sa Grâce, et notre chanoine ne fut pas le dernier à lui faire sa cour. Plein d'enthousiasme, il raconte ainsi ses impressions : *Je le vis (ledit seigneur) dans sa chambre ; il estoit grand, ayant un visage majestueux ; il portait fort pauvres couleurs à cause de son mal, qui toutefois s'alentit estant dans cette ville. Ce seigneur estoit fort affable, savant au possible et grandissime homme d'Estat.*

Tout le monde a eu sa part dans la magnifique réception faite par l'évêque à la suite du Cardinal. On distribua même aux soldats quelques espèces sonnantes, frappées au coin épiscopal, où figurait la crosse de l'évêque de Viviers, et ils n'abusèrent point de ce surcroît de largesse. Leur conduite fût sage, presque réservée ;. on n'eut pas besoin d'avoir recours aux coups de bâton et d'étrivières pour les contraindre d'aller à la messe, quoi qu'en dise M. le duc de Rohan. Enfin, tous ces hommes d'armes, médiocrement disciplinés, n'ont fait cependant aucune insolence dans la ville, sauf peut-être quelques incartardes dans la Juiverie, sorte de Ghetto où, comme à Rome, on parquait les israélites. Le lendemain dimanche, nobles et manants, soldats et abbés, tous firent de grandes dévotions dans la cathédrale, qui, malgré ses restaurations successives, portait les traces manifestes des incursions des barbares et des guerres civiles et religieuses. Les dévotions accomplies, Son Eminence reprit sa route vers Lyon, le 25 août 1642, et elle fut ramenée, ou plutôt reportée dans son bateau, avec le cérémonial de la veille.

Trois mois plus tard, le jeudi 4 décembre, Riche-

lieu termina sa glorieuse carrière; ce qu'ayant appris
le roi Louis XIII, qui s'entendait en oraisons funèbres,
il dit froidement, en réprimant un mauvais sourire :
« Voici mort un grand politique ! »

III

MONSEIGNEUR LE PRINCE-PRÉSIDENT.

Déjà, dans l'horizon immense,
L'étoile d'or a scintillé.

ARSÈNE HOUSSAYE.

Deux siècles se sont écoulés. Le 24 septembre 1852, nous retrouvons la capitale du Vivarais déchue de son titre, dépossédée de ses droits, dépeuplée et amoindrie, devenue enfin une *petite ville de poche*, comme dirait le président de Brosses. Nous la retrouvons encore en un jour de fête : comme jadis la foule accourt, se presse et s'agite, mais les mœurs ont changé, les costumes sont différents, les physionomies se sont modifiées, tout a changé. Seule, la vieille basilique, véritable symbole de la religion, son front à peine sillonné de quelques rides de plus, semble toujours présider aux agitations de la foule, et la domine de son impassible silhouette.

C'est que ce jour-là la ville de Viviers s'apprêtait à fêter la bienvenue du Chef de l'Etat. Sa population s'était accrue d'un énorme renfort envoyé par les villes voisines du Vivarais et du Bas-Dauphiné : Aubenas , l'Argentière, Villeneuve-de-Berg, le Theil, Aps (l'*Alba Helviorum*) , Montélimart , Donzère, et autres villes et villages y ont fourni leur contingent. La municipalité de Viviers a voté pour cette solennité tous les fonds dont ses faibles ressources lui permettaient de disposer, et les préparatifs ont absorbé et dépassé la somme votée. Le vieux Vivarais tenait à honneur de soutenir dignement son antique réputation d'hospitalité , déjà chantée en strophes naïves par un moine du XIIIme siècle , vantée encore au siècle dernier par l'abbé Millot dans son *Histoire des Troubadours* , et attestée enfin par tous ceux qui ont eu l'occasion de mettre , comme nous, cette bonne hospitalité à l'épreuve.

On attendait l'héritier d'un Empereur, et ce mot d'*empire* réveille à Viviers des souvenirs bien lointains , mais non encore entièrement effacés. C'est que ce pays fut pendant longtemps nommé *l'Empire :* titre disproportionné , exorbitant , vu l'exiguité du territoire, et qui venait plutôt de l'usage que d'un droit. Charlemagne , qui vint en personne comprimer à Viviers une révolte sanglante fomentée par l'esprit municipal, assura aux évêques la souveraineté temporelle du pays, en leur conférant le titre de comte ; les empereurs Conrad II *le Salique* , en 1029 , et Conrad III , en 1147 , ajoutèrent d'autres priviléges en faveur des comtes - évêques ; en 1159, Frédéric Ier *Barberousse* leur accorda le droit de battre monnaie ; et, en 1235 , des lettres patentes de Frédéric II confirmèrent toutes les concessions impériales faites précédemment aux évêques de Viviers. Enchantés du pouvoir séculier dont les

empereurs d'Allemagne les avaient investis, les évê-
ques-comtes refusèrent pendant plus de trois siècles
l'obéissance aux rois de France; ce n'est qu'en 1305,
sous Philippe IV *le Bel*, qu'ils ont fini par reconnaître
la suprématie royale, et par promettre qu'ils ne met-
traient plus dans leurs sceaux les armes de l'Empire,
mais celles de France. Ce petit pays conservait cependant encore le nom pompeux d'*Empire*, dont on l'avait
affublé, et ne le perdit définitivement qu'en 1362,
sous le roi Jean le Bon : ce qui arriva à l'époque du
voyage que ce monarque fit à Avignon, où il eut une
entrevue importante avec Guillaume de Grisac, récem-
ment devenu pape sous le nom d'Urbain V, et Pierre
de Lusignan, roi de Chypre.

C'était encore un vénérable évêque de Viviers,
Monseigneur Guibert, qui devait, le 24 septembre 1852,
faire les honneurs à l'illustre visiteur qu'on attendait ;
il était assisté de Monseigneur l'évêque de Belley,
digne successeur de Monseigneur Devie, dont la mort
vient de laisser tant de regrets dans la capitale du Bugey.
Un clergé très nombreux se pressait autour de Monseigneur de Viviers, qui ne se présentait plus comme
seigneur de ce pays, mais comme premier pasteur de
son diocèse. Depuis le passage du Cardinal-Duc jusqu'à l'époque où nous sommes, l'épiscopat de Viviers a
subi de nombreuses vicissitudes : supprimé au commen-
cement de la Révolution, il ne fut rétabli qu'en 1822.
La Révolution supprima, de même que l'évêché, les
Etats du Vivarais, et aussi une fabrique considérable
de draps et de tricots destinés à l'habillement des trou-
pes, qui existait autrefois dans la maison Damon, à
Viviers. La belle façade de cette maison du XVIme siè-

cle, parfaitement conservée, fait de nos jours l'admiration des voyageurs.

S. A. I. le Prince-Président était attendue aussi par M. le maire de Viviers, à la tête de son conseil municipal, auxquels s'étaient joints les habitants les plus considérables de la commune. On remarquait, en robe d'apparat, M. le Franklin Fournéry, juge de paix du canton de Viviers, magistrat distingué, qui remplit son ministère, depuis près de trente ans, en véritable juge de conciliation. Il a eu pour prédécesseur le savant et modeste astronome Flaugergues, lequel, de tous les honneurs et de tous les avantages qu'on lui offrait, n'a accepté que la croix de la Légion-d'Honneur. Nous devons nommer encore dans l'assistance M. Damon, mécanicien rempli de mérite, propriétaire de la maison que nous venons de citer. Ce dernier a été l'objet d'une distinction dont le *Moniteur universel* du 9 décembre 1841 rend compte en ces termes : *M. Damon, mécanicien à Viviers, département de l'Ardèche, s'est consacré dans ce département et les départements voisins à la construction des magnaneries salubres, suivant le système de MM. Camille Beauvais et d'Arcet. M. le ministre du commerce vient d'accorder à M. Damon une médaille d'argent pour l'invention d'un coupe-feuille extrêmement ingénieux. Cet instrument, qui, par le moyen de lames mobiles que l'on peut placer ou déplacer à volonté, coupe de la feuille de trois dimensions différentes, est destiné aux éducateurs de vers à soie.* Depuis lors, M. Damon a su mériter d'autres récompenses et a considérablement perfectionné l'instrument de son invention.

Tandis que les préparatifs s'achevaient à Viviers, le

prince Louis-Napoléon Bonaparte s'embarquait sur le Rhône à Valence. Il avait avec lui un brillant état-major et une suite nombreuse, mais point de gardes, ni aucun appareil militaire. Deux bateaux à vapeur de la compagnie des *Parisiens* étaient mis à sa disposition, et celui qui a eu l'honneur de recevoir le Prince-Président sur son bord, le numéro 5, était orné de fleurs et de drapeaux aux aigles d'or. Les Valentinois ont salué le départ du Prince par de chaleureuses acclamations, semblables à celles qui avaient retenti à Bourges, à Nevers, à Lyon, à Grenoble, sur le passage du Chef de l'Etat, partout où il allait imposant silence, par des paroles de paix, à tous ces mots de guerre qui bruissaient autour de lui. Et ces paroles de paix ne traduisaient pas une pensée née des circonstances présentes, mais bien une opinion depuis longtemps arrêtée, car déjà, en 1839, Louis-Napoléon écrivait : *L'idée napoléonienne n'est point une idée de guerre. Si pour quelques hommes elle apparaît toujours entourée de la foudre des combats, c'est qu'elle fut, en effet, trop longtemps enveloppée par la fumée du canon et la poussière des batailles. Mais aujourd'hui les nuages se sont dissipés, et on entrevoit à travers la gloire des armes une gloire civile plus grande et plus durable.*

Le convoi présidentiel descendait rapidement le cours du fleuve, entre ces villes et villages qui d'abord *se sont établis sur les rives pour boire l'eau du Rhône, avec la foi dans un tranquille avenir,* comme dit Méry le Phocéen ; puis ils se sont réfugiés sur les crêtes, à la voix des guerres religieuses ; aujourd'hui les voilà redescendus à la voix de la tolérance et de la civilisation. Les deux rives disparaissaient presque sous une avalanche d'arcs de triomphe , de guirlandes et de couronnes ; les échos des montagnes ne répétaient que les cris d'enthousiasme des populations accourues au premier scintillement de l'étoile impériale. On avait successivement dépassé la tour penchée de Soyons ; la Voulte (la Volta) avec son château dont les tours et le donjon s'enveloppaient de drapeaux ; le Pouzin avec ses hauts-fourneaux tout pavoisés ; Cruas avec ses églises superposées ; Rochemaure avec ses sombres remparts de basalte , bâtis sur un volcan , et les tours crénelées de son pont , — lorsqu'enfin , entre une et deux heures de l'après-midi , la fumée des bateaux à vapeur a signalé à la ville de Viviers , frémissante d'impatience , l'approche du convoi qui portait l'hôte si vivement désiré. Aussitôt il s'est produit dans la foule un mouvement extraordinaire : Ressemble-t-il à son oncle ? — se demandait-on de toute part ; et la curiosité ne fut pas la moins vive sur une élégante estrade occupée par les plus belles dames du pays.

Le bateau du Prince a abordé à un débarcadère spacieux, construit exprès pour la circonstance, à la proximité du pont suspendu. A ce moment toutes les voix de la foule , qui s'amoncelait aux abords, se sont unies dans un seul cri de Vive l'Empereur !

Le Prince-Président, suivi des ministres , généraux, de M. le préfet de l'Ardèche , et autres hauts fonctionnaires, s'est rendu sous un superbe arc de triomphe portant pour inscription : *A Napoléon III.* Là , il s'est entretenu avec les autorités, s'informant avec une grande sollicitude de l'état et des intérêts de ce beau pays. Il a parlé aux évêques avec déférence , avec une bienveillante dignité aux magistrats, avec affabilité à tous ceux qui ont eu l'honneur de l'approcher. Au

nombre de ces derniers , il faut compter un de ces soldats qui ont eu tort, comme le *vieux caporal* de Béran-
ger , de vieillir au service , un de ces soldals qui , dans
les bataillons de l'Ardèche , ont si vaillament combattu,
le 12 avril 1796, à Montenotte, et particuliérement à la
défense de la redoute de Monte-Legino. Pour répondre
à la pensée de Louis-Napoléon , le général ministre
Leroy de Saint-Arnaud a glissé furtivement un billet
de banque entre les mains tremblantes du vieux de la
vieille tout saisi d'émotion.

Après une courte halte à Viviers , le Prince-Président a poursuivi le cours de son voyage triomphal ,
reposant ses yeux sur de nouveaux arcs de triomphe
dressés sur les bords du Rhône, recueillant le bruit
obstiné de nouvelles acclamations.

Peuples, accourez et inclinez-vous avec respect, car
voici le représentant le plus élevé du noble pays de
France qui passe. Cet homme au front sévère et à
l'âme ardente suit son étoile ; il suit la destinée que
le cœur maternel de la reine Hortense a prédit à son
doux entêté.

LAISSEZ PASSER L'EMPIRE !

Ainsi ont passé sur ces rivages deux hommes dont nul souvenir n'effacera l'éclatante renommée.

L'un, — à l'apogée de la gloire et au comhle des honneurs, mais au déclin de ses jours : inquiet, s'entourant de précautions exagérées, remontait péniblement ce fleuve qu'il ne devait plus revoir. Les malédictions de ses contemporains n'ont point empêché l'histoire impartiale de lui rendre une tardive justice. Que Dieu lui soit miséricordieux !

L'autre, — dans toute la force de l'âge et à l'aurore de sa toute-puissance : confiant et accessible à tous, descendait ce même fleuve avec la rapidité d'une flèche, se dirigeant vers le *lac français*. Il recueillait dans ce trajet les bénédictions des masses populaires, pour les services qu'il a déjà rendus à son pays, et les vœux pour ceux qu'il est appelé à lui rendre encore. Nous unissons notre voix à ces vœux, et nous répétons hautement les paroles d'Abd-El-Kader, rendu à la liberté : Que Dieu lui vienne en aide et dirige ses actions !

———